Estelle Vidard • Benj

LES ENQUÊTES de Lya et Mathis

Mystères dans les rapides

À *Cassandre*, ma filleule *chérie*.

E. V.

CASTOR ROMANS

Éditions Flammarion – 82, rue Saint-Lazare – CS 10124 – 75009 Paris
ISBN : 9782080298003

DÉGUSTATION
SERVEZ-VOUS!

Chapitre 1

Retrouvailles

– Mmm, ch'est bon ! se régale Nino, la bouche pleine.

– Hé, laisses-en un peu pour les autres ! plaisante Mathis en engloutissant lui aussi un morceau de nougat.

Nino et Mathis passent la journée à Montélimar avec leurs parents, en attendant de retrouver leur sœur. Dans quelques heures, Lya et sa maman, Maëly, viendront les chercher à la gare, où ils ont laissé leurs bagages. Les parents de Lya ont divorcé quand elle avait deux ans. Ils sont restés en bons termes, mais Maëly est partie vivre en Ardèche.

Au quotidien, Lya vit à Paris avec son père Gabriel, sa « deuxième maman » Florence, son « demi-frère jumeau » Mathis, et Nino, le petit dernier de la famille. Lya voit sa maman un week-end par mois et pendant les vacances.

Depuis le début de l'été, Lya est chez elle, à Vallon-Pont-d'Arc. Nino, Mathis et leurs parents la rejoignent pour la suite des vacances. Car cette année, Florence et Gabriel ont décidé de louer un gîte près de chez Maëly, pour la voir et profiter de la belle région où elle vit. Bientôt, les deux frères vont retrouver Lya. Et ils ont hâte !

– Si on allait visiter le château ? propose Gabriel en sortant de la boutique de confiseries où ils ont goûté les célèbres nougats de Montélimar.

Mathis et Nino accueillent cette idée avec enthousiasme.

La famille passe les deux heures suivantes à parcourir le château en s'amusant, se mettant tour à tour dans la peau des seigneurs et des chevaliers du Moyen Âge.

– Nino, roi du château ! chantonne gaiement le petit garçon en se hissant sur un trône.

– Roi du nougat, plutôt ! rigole Mathis en voyant son frère enfourner dans sa bouche un nouveau bonbon.

– Il est temps d'aller retrouver Lya et Maëly ! les interrompt Florence.

Elle a à peine fini sa phrase que les deux garçons s'élancent vers la sortie en courant.

En quelques minutes, le petit groupe a rejoint la gare et récupéré les bagages à la consigne. « Tût tûûûûûût ! » Maëly klaxonne et s'arrête juste devant eux.

– Nino, Mathis ! crie Lya en bondissant hors de la voiture.

– Lyly !

Après un long câlin à ses frères, Lya saute au cou de son père et de Florence.

– Je suis si contente de vous voir ! s'exclame-t-elle.

– Nous aussi !

– Allez la petite famille, en route ! propose Maëly.

Une heure plus tard, ils arrivent à Vallon-Pont-d'Arc. Le gîte où ils vont passer leurs vacances est une jolie bâtisse en pierres, typiquement ardéchoise. Lya et Mathis foncent à l'étage pour découvrir leur chambre.

– Je dors en haut ! décrète Lya dès qu'elle voit les lits superposés.

– Et pourquoi ça ? proteste Mathis.

– Parce que je suis l'aînée !

Elle adore taquiner son frère en lui rappelant qu'elle est née dix jours avant lui. Mathis s'apprête à riposter, mais Lya le coupe.

– Et aussi parce que je t'ai beaucoup manqué et que tu as très envie de me faire plaisir, ajoute-t-elle d'un air suppliant.

– OK, cède Mathis. Mais la semaine prochaine, on inverse.

Satisfaite, Lya ouvre la fenêtre pour admirer la vue : elle voit le clocher de l'église, la place couverte, les rues pavées de la vieille ville… et même la petite maison de sa mère !

Elle interpelle Maëly, restée dans le jardin :

– Maman, on est juste à côté de chez toi ! On pourra se voir facilement après ton travail et le week-end !

– C'est pour ça que je vous ai conseillé ce gîte ! précise sa mère en lui adressant un sourire complice. Bon, je vous laisse vous installer, ajoute-t-elle à l'attention de Gabriel et Florence.

– Retrouve-nous ici dans une heure, propose celle-ci. Nous fêterons notre arrivée autour d'un apéritif !

– Bonne idée ! J'apporterai des spécialités, comme du picodon. Lya en raffole !

Après une soirée placée sous le signe de la bonne humeur, Lya et Mathis vont se coucher, ravis de s'être retrouvés. Ils se réveillent en pleine forme pour attaquer leur première journée de vacances ensemble. Mais Florence et Gabriel, eux, n'ont qu'une seule envie : se reposer !

Heureusement, Maëly est encore en week-end et elle a proposé d'emmener les trois enfants en balade. Au programme : la visite de la grotte Chauvet.

Devant les peintures qui ornent les murs, Mathis s'exclame :

– C'est magnifique !

– Roooooar ! grogne Nino en montrant du doigt un animal.

– Bravo, petit lion ! le félicite Lya. Regarde, il y a aussi des chevaux. Et là, des rhinocéros !

Fascinés, les garçons admirent les dizaines d'animaux qui semblent courir sur les parois de la grotte.

– Ils ont été peints il y a 36 000 ans, leur apprend Lya, qui a déjà visité plus d'une fois la grotte avec sa mère.

– Ils étaient trop forts, ces hommes préhistoriques ! commente Mathis, épaté.

Il prend la main de Nino et l'entraîne un peu plus loin.

– Regarde, Lya, on dirait un hibou ! interpelle-t-il soudain sa sœur, en pointant du doigt un animal gravé sur le mur.

Mais elle ne répond pas. Étonné, Mathis se retourne : Lya fait un câlin à sa mère.

– C’est trop dommage que tu ne puisses pas rester avec nous pendant toutes les vacances, regrette Lya.

– Je dois retourner travailler, ma Doudou. Mais je te promets de venir vous voir un de ces soirs, et on passera le week-end prochain ensemble. D’accord ?

– D’accord, approuve sa fille en la serrant encore plus fort.

– En attendant, je compte sur toi pour faire découvrir le coin à tes frères, ajoute Maëly.

– Oh oui alors ! répondent joyeusement Mathis et Nino, qui les ont rejointes.

Les jours suivants, les vacances se poursuivent paisiblement, entre petits marchés, balades dans la nature et siestes. Mais Lya et Mathis s’ennuient un peu : il n’y a pas assez d’action pour eux !

– On fait quoi aujourd’hui ? demandent-ils chaque matin.

– Rien de spécial, répondent Gabriel et Florence. On court toute l'année, alors pendant les vacances, on se repose !

Les deux enfants soupirent. Ils savent bien que le travail de leurs parents demande beaucoup de temps et d'énergie. Pour s'occuper du restaurant dont elle est la cheffe, Florence part tôt le matin afin de réceptionner les livraisons et cuisiner avant le déjeuner. Gabriel, quant à lui, répare des dizaines de vélos chaque jour, à l'autre bout de Paris. Mais Lya et Mathis, eux, se sont assez reposés !

– On fait quoi aujourd'hui ? tentent-ils à nouveau, le matin du quatrième jour.

– Vous partez à l'aventure pendant deux jours ! répond Gabriel.

– C'est une blague ?

– Non non, confirme Florence. Nous vous avons inscrits à un stage de canoë. Vous êtes contents ?

– Carrément ! s'exclament en chœur Lya et Mathis.

– Tant mieux ! Alors allez préparer vos affaires : maillot de bain, crème solaire, casquette, lunettes de soleil…
Mais ne vous chargez pas trop : vos sacs doivent tenir dans un bidon de canoë.
Départ dans une heure !

– N'oubliez pas de prendre une tenue de rechange, un pyjama et une brosse à dents, ajoute Gabriel. Ce soir, vous campez !

– Youpiiiiii ! crient le frère et la sœur en courant vers leur chambre.

Chapitre 2

Tous à l'eau !

Après avoir préparé leur pique-nique et vérifié leurs bagages, Florence emmène Lya et Mathis au lieu de rendez-vous. Ils y rencontrent les autres stagiaires : six filles et garçons âgés de 8 à 12 ans.

– Bienvenue à tous, les accueille l'animatrice. Je m'appelle Cindy, et voici Antoine. Nous allons vivre ensemble pendant deux jours. Alors pour commencer, faisons un peu connaissance !

Intimidés, les apprentis kayakistes s'observent, sans oser prendre la parole. Une jolie rousse aux yeux verts pétillants se lance la première.

– Salut, je suis Cassandre. J'ai 12 ans. Vous allez voir, ce stage est super sympa. Je l'ai déjà fait l'été dernier et j'ai a-do-ré !

Son attitude décontractée détend tout de suite l'atmosphère.

– Moi c'est Mathis, et voici ma sœur Lya. On a tous les deux 9 ans.

– Ah oui ? s'étonne Antoine. Vous êtes jumeaux ?

– Presque ! répond Lya en souriant. Mais c'est moi l'aînée, ajoute-t-elle avec un clin d'œil à son frère.

Puis Rose et son cousin Gaétan, Kevin, Éléonore et Nino se présentent à leur tour.

– C'est marrant, remarque Lya. Notre petit frère aussi s'appelle Nino. Mais nous, on le surnomme « l'adorable petit diable », parce qu'il a une bouille d'ange et un sacré caractère !

– Tout l'inverse de moi, répond le garçon, un sourire en coin.

Avec ses cheveux ébouriffés, son air mystérieux et son humour, il plaît aussitôt à Lya et Mathis.

– J'ai 10 ans et j'ai fait ce stage l'an dernier, moi aussi, poursuit Nino. D'ailleurs, Cassandre, on était dans le même groupe…

– Ah oui, c'est possible. Ta tête me dit quelque chose, répond celle-ci en le regardant à peine.

Une fois les présentations faites, Antoine s'adresse au groupe.

– Vous devez avoir hâte de connaître le programme ? commence-t-il.

– Nous allons partir à la découverte des gorges de l'Ardèche, au fil de l'eau, enchaîne Cindy. À notre rythme, et en prenant le temps d'admirer la nature !

– Super ! approuvent les jeunes stagiaires, impatients.

Aussitôt, ils enfilent leur gilet de sauvetage et leur casque. Puis ils placent toutes leurs affaires dans des bidons hermétiques. Enfin, les deux animateurs leur expliquent les bases de la navigation en canoë : la position des mains sur la pagaie, le rôle de chacun dans l'embarcation, comment avancer et tourner…

– Vous savez tous nager, bien sûr ? s'assure Antoine.

– Évidemment !

– Parfait : il est temps de vous jeter à l'eau !

Cindy répartit les jeunes aventuriers dans les canoës.

– Cassandre et Nino, puisque vous êtes plus expérimentés, mettez-vous ensemble. Vous serez en tête et montrerez l'exemple !

– Quelle pression ! s'exclame Cassandre en faisant semblant d'avoir peur.

Sa remarque fait sourire le reste du groupe.

Cindy poursuit :

– Rose et Gaétan, vous prendrez ce canoë. Éléonore et Kevin, celui-ci. Et Lya et Mathis, celui-là. Vous êtes prêts ? Alors c'est parti !

Les enfants mettent leurs embarcations à l'eau et montent à bord sans difficulté.

– Ici, la rivière est calme, explique Antoine. C'est parfait pour débuter.

En effet, tout se passe au mieux, même si certains canoës avancent un peu en zigzaguant !

– Hé, Lya, rentre ta langue, tu vas prendre un coup de soleil ! rigole Mathis.

Installé à l'arrière du bateau, il observe sa sœur, très concentrée sur le maniement de sa pagaie. Elle se tourne vers lui et le gratifie d'une grimace.

– Tu as vu ce paysage ? C'est tellement beau…, reprend Mathis.

Lya regarde tout autour d'elle : les falaises de pierre blanche, couvertes de végétation, tombent directement dans la rivière. L'eau scintille sous le soleil, comme si on y avait versé des milliers de paillettes. Dans le ciel turquoise, un aigle de Bonelli tournoie…

– C'est magnifique, confirme Lya, je ne m'en lasse pas. On vient souvent se promener par ici avec maman, mais comme elle a peur de l'eau, on n'a jamais fait de canoë. C'est la première fois que je vois ces paysages depuis la rivière !

Le frère et la sœur laissent doucement dériver leur canoë, appréciant la beauté et la sérénité des lieux. Soudain, un cri les tire de leur rêverie.

– Attention, les presque jumeaux : il pleut ! les interpelle Cassandre.

Ils tournent la tête vers elle et… Splaaash ! Elle les arrose à l'aide de sa pagaie, avant d'éclater de rire.

– Tu vas regretter ça ! menacent le frère et la sœur, hilares.

Il n'en faut pas plus pour déclencher une bataille d'eau générale. Tous les enfants s'éclaboussent joyeusement… et les animateurs ne sont pas en reste !

– Hé Cassandre : prends ça ! crie Lya en soulevant une grosse gerbe d'eau.

Mais l'adolescente baisse la tête et c'est Nino qui reçoit tout en pleine figure.

Le garçon éclate de rire et hurle :

– Vengeaaaaance !

Tout le groupe finit mouillé de la tête aux pieds.

Au bout d'un moment, Antoine propose :

– Allons faire du toboggan, maintenant !

– Hein ?

– Cool, j'adore ! s'enthousiasme Cassandre.

– Vous allez voir, c'est trop marrant ! confirme Nino en se remémorant le stage de l'année passée.

Deux minutes plus tard, les autres enfants comprennent : des « toboggans à canoës », délimités par de petits murets, ont été aménagés dans le lit de la rivière.

– N'ayez pas peur : il suffit de lever votre pagaie au-dessus de votre tête et de vous laisser porter par le courant, explique simplement Cindy. Cassandre et Nino, à vous de jouer.

– Youhou ! s'exclame l'adolescente tandis que leur canoë glisse sur une dizaine de mètres en pente douce.

Chacun leur tour, les duos d'aventuriers descendent derrière eux en poussant des cris de joie.

– C'était trop bien ! se réjouit Mathis. On peut recommencer ?

– Tu vas être content, répond Cindy, il y en a d'autres un peu plus loin !

– *Yes !*

Chapitre 3
Vraiment pas de chance

Le petit groupe enchaîne les toboggans joyeusement, avant d'arriver au pied d'une grande arche de pierre qui enjambe la rivière.

– Ouaaah ! s'exclame Mathis, émerveillé.

– C'est le Pont d'Arc, lui indique Lya.

C'est la première fois que la jeune fille l'admire depuis la rivière. Et il paraît vraiment immense vu d'ici. Il faut dire que ses 60 mètres de haut sont impressionnants, quand on se trouve juste en dessous.

– Nous allons faire une pause sur cette plage, propose Cindy en indiquant le bord de la rivière. Nous aurons une superbe vue sur le pont et nous en profiterons pour pique-niquer.

Les jeunes stagiaires conduisent leurs embarcations jusqu'à la rive sans difficulté.

– Vous vous débrouillez déjà très bien avec vos canoës, les félicite Cindy.

– Ce serait chouette de se baigner, suggère Éléonore.

– Bien sûr, répond l'animatrice.

– Moi j'ai trop faim, dit Antoine en ouvrant son bidon à la recherche de son pique-nique.

Rose, Mathis, Nino et Antoine dévorent leurs sandwichs. Cassandre, Lya, Gaétan, Kevin et Éléonore, quant à eux, s'ébattent joyeusement dans l'eau en compagnie de Cindy. Ravis, ils rejoignent ensuite leurs camarades.

– J'ai une faim de loup ! lance Kevin en mordant à pleines dents dans une tomate.

– Oh non, ce n'est pas vrai ! râle Cassandre. Il y a plein de fourmis sur mon sandwich…

En effet, des dizaines de petites bêtes ont pris d'assaut le bidon de la jeune fille.

– Beurk ! s'exclame Lya, dégoûtée.

– Mince alors, compatit Mathis.

– Tiens, dit Antoine en tendant un sandwich à Cassandre. J'en ai plusieurs !

Après le pique-nique, il est temps de se remettre en route. Prochaine étape : le rapide du Charlemagne.

– Le courant va être plus fort, explique Cindy. Alors pour éviter que votre canoë ne se renverse, suivez le sens du courant et continuez à pagayer !

– Preum's ! s'écrie Cassandre.

Avec l'aide de Nino, elle dirige son embarcation tout droit vers le rapide. Les autres stagiaires regardent le bateau prendre de la vitesse et… heurter un rocher !

– Aaaaah ! crie Cassandre en tombant à l'eau.

Nino parvient à rétablir le canoë et à se maintenir à bord.

– Après le sandwich aux fourmis, la chute dans l'eau, commente Lya. La pauvre, elle n'a vraiment pas de chance…

– D'habitude, c'est plutôt à toi que ce genre de choses arrive ! la taquine Mathis.

Lya s'apprête à répondre, mais des cris l'interrompent.

– T'es vraiment nul ou quoi, Nino ? Tu as fait chavirer le canoë, gronde Cassandre.

– Pas du tout, proteste Nino. C'est toi qui t'es trop penchée !

Antoine rejoint la jeune fille pour s'assurer qu'elle ne s'est pas fait mal. Puis il plaisante, pour détendre l'atmosphère :

– Il fallait le dire, si tu voulais encore te baigner !

– Allez, maintenant, c'est votre tour ! dit Cindy en invitant les autres stagiaires à tenter l'aventure.

Timidement, les enfants avancent vers le rapide. Rose et Gaétan parviennent à le passer sans encombre, mais Éléonore, Kevin, Lya et Mathis finissent à l'eau.

– C'est le métier qui rentre ! rit Antoine en les aidant à remettre leurs canoës à flot.

La suite de l'après-midi se déroule sans encombre. Vers 18 heures, le petit groupe arrive en vue d'un camping. Cindy annonce :

– Nous allons bivouaquer ici cette nuit.

– Chouette ! approuvent les enfants, à la fois enthousiastes et fatigués.

– J'ai mal aux bras, se plaint Lya.

– Normal, répond Antoine. C'est du sport, de pagayer ! Nous allons nous installer, puis vous aurez quartier libre pour vous reposer un peu.

Les stagiaires sortent leurs canoës de l'eau. Puis ils portent les bidons contenant leurs affaires jusqu'aux tentes. Elles sont déjà montées et garnies de duvets fournis par le bivouac. Cassandre et Rose choisissent la tente rouge, Éléonore et Lya la bleue, Gaétan et Kevin la plus grande, et Mathis et Nino celle qui est abritée sous un arbre.

– Où sont les toilettes ? demande Rose.

– Là-bas, indique Antoine du doigt.

– Je viens avec toi, dit Cassandre.

Tandis qu'elles s'éloignent, Mathis s'affale sur son matelas.

– Aaah, ça fait du bien de s'allonger un peu ! dit-il en bâillant.

– T'as raison, sourit Nino.

Mathis ferme les yeux un instant. Et sans s'en rendre compte, il s'assoupit.

Dix minutes plus tard, des éclats de voix le tirent de son sommeil. Il sort la tête de sa tente et découvre les autres, attroupés autour de Cassandre.

– Quelqu'un a vu mon bidon ? demande celle-ci, affolée.

– Non, répondent ses camarades.

– On va le retrouver, tente de la calmer Cindy. Allons voir s'il est resté dans ton canoë.

– Je l'avais mis à côté de ma tente !

L'adolescente accompagne néanmoins l'animatrice jusqu'aux embarcations. Mais elles reviennent bredouilles.

Cindy semble perplexe et Cassandre est au bord des larmes.

– Je ne vais pas rester en maillot de bain toute la soirée, se lamente-t-elle.

– J'ai un pantalon de rechange, je peux te le prêter ! lui propose Éléonore.

– Et moi, un tee-shirt, renchérit Gaétan.

– Merci, vous me sauvez la vie !

Reconnaissante, Cassandre attrape les vêtements qu'ils lui tendent et file dans sa tente. Quelques instants plus tard, elle réapparaît, l'air dépité : le tee-shirt de Gaétan est un peu court, et le legging d'Éléonore… bien trop flashy !

– Ça fera l'affaire, assure Cassandre en s'efforçant de cacher son malaise.

– Ouah, sympa ton look ! ironise Nino, qui revient à l'instant de sa douche.

Mathis lui fait signe de se taire.

– Ses affaires ont disparu, chuchote-t-il. Ce n'est pas le bon moment pour plaisanter.

Un silence gêné s'installe. Antoine le brise en changeant de sujet :

– Que diriez-vous de préparer le dîner ?

– Bonne idée ! approuve Cindy.

Une partie du groupe l'accompagne un peu plus loin pour allumer le barbecue, tandis que les autres préparent une salade de crudités. Cassandre coupe des tomates d'un air maussade.

– Allez, ce n'est pas grave, la console Antoine. On va retrouver tes affaires, promis.

– Et puis tu sais, même avec ces vêtements, tu es très jolie, la complimente Mathis.

Cassandre rougit.

– Épluche les concombres au lieu de dire des bêtises, dit-elle en retrouvant le sourire.

Chapitre 4

Frayeur au camping

Un peu plus tard, pendant qu'ils attendent leur tour pour la douche, Lya chuchote à l'oreille de son frère :

– On dirait que tu l'aimes bien, Cassandre…

– Pff ! J'ai juste voulu être gentil.

Lya sourit d'un air moqueur.

– Quand même, reprend-elle, ça commence à faire beaucoup, tu ne trouves pas ?

– Quoi ?

– Les fourmis dans son sandwich, sa chute dans l'eau, et maintenant ses affaires qui disparaissent, énumère Lya. Moi, je trouve ça louche. Je pense que quelqu'un lui en veut… On devrait mener l'enquête !

– Tu te fais des films, objecte Mathis. Ce sont juste des coïncidences. Ne compte pas sur moi pour jouer une nouvelle fois les agents secrets !

– Allez, je sais qu'en vrai tu adores ça, insiste sa sœur.

– De quoi vous parlez ? les interrompt Kevin, qui vient de les rejoindre.

– De rien ! déclare Mathis. Une douche est libre, Lya : vas-y, ça va te rafraîchir les idées.

De retour près des tentes, une bonne odeur de saucisses grillées flotte dans l'air.

– Miam, je sens qu'on va se régaler ! salive Mathis.

– Qui a faim ? demande Antoine.

– Moiiiiiiii ! répondent en chœur les enfants.

Ils savourent leur dîner autour du feu, tandis que le jour décline peu à peu.

Soudain, Cindy lance :

– Passons aux choses sérieuses…

Les enfants échangent un regard intrigué.

– Que la veillée contes et marshmallows commence ! ajoute l'animatrice.

Elle brandit une dizaine de brochettes garnies de guimauves.

– Cool !

– Je peux aller chercher un pull avant de commencer ? demande Nino. J'ai un peu froid.

– Bien sûr.

– Moi aussi ! s'exclame Lya.

Les enfants s'installent ensuite en cercle autour du barbecue et tendent leurs brochettes au-dessus des braises pour faire caraméliser les bonbons. Captivés, ils écoutent Antoine et Cindy leur raconter des histoires d'aventuriers, de planètes lointaines et d'animaux extraordinaires.

Peu à peu, les paupières deviennent lourdes et quelques bâillements se font entendre.

– Il est temps d'aller au lit ! annonce alors Cindy.

– Oh non…

– D'autres aventures nous attendent demain : vous devez être en forme ! insiste Antoine. Mais avant de vous coucher, je vais vous montrer quelque chose…

Curieux, les enfants le suivent dans l'obscurité. Seule la lumière de la lampe frontale de l'animateur leur permet de se guider. Arrivés au bord de la rivière, ils découvrent avec émerveillement le reflet du ciel étoilé sur l'eau.

– C'est beau, non ?

– C'est carrément magique…

– Après ça, vous allez forcément faire de beaux rêves ! conclut Antoine.

À contrecœur, le petit groupe rebrousse chemin en direction des tentes.

– J'ai un peu peur de dormir en pleine nature, confie Lya à son frère.

– Tout va bien se passer, la rassure Mathis. Cindy et Antoine veillent sur nous. Et nos tentes sont juste à côté, si besoin.

C'est alors que Cassandre jaillit hors de la sienne, furieuse.

– J'en ai vraiment marre !

Inquiets, Cindy et Antoine accourent.

– Que se passe-t-il ?

– Mon duvet est complètement trempé !

– C'est ma gourde qui s'est renversée, explique Rose, confuse. Je suis vraiment désolée. Je croyais qu'elle était vide.

– Prends mon duvet Cassandre, intervient Cindy. J'irai en chercher un autre à l'accueil. Allez tous vous coucher maintenant…

– Des coïncidences, hein, marmonne Lya tandis que Mathis et elle retournent vers leurs tentes.

– Oui, bon, on en reparlera demain, bougonne son frère, moins sûr de lui que tout à l'heure. Bonne nuit, Lyly.

– Bonne nuit, Mat'…

Blottis dans leurs duvets, les enfants se laissent bercer par le clapotis de la rivière. Fatigués, ils ne tardent pas à s'endormir. Dans les rêves de Lya, les événements de la journée et les histoires que leur ont racontées Cindy et Antoine se mélangent. Elle est une aventurière intergalactique, parcourant l'univers à bord de son canoë pour sauver le monde, menacé par…

– … Un ours !

– Un ours ? s'interroge Lya dans son sommeil.

– Au secours ! Un ours !

Soudain, elle réalise que cette voix ne fait pas partie de son rêve. Elle ouvre les yeux.

– Tu as entendu des cris, toi aussi ? demande-t-elle à Éléonore.

– Oui, je crois que Rose et Cassandre se font attaquer par un ours, répond celle-ci, toute tremblante dans son duvet.

Lya bondit hors de la tente et rejoint son frère. L'air à moitié endormi, ce dernier observe Antoine qui console Rose et Cassandre. Les filles ont l'air effrayées.

– Il y a d'abord eu des grognements, raconte Cassandre, toute pâle.

– Et puis l'ours a commencé à donner des gros coups de patte sur notre tente, poursuit Rose en hoquetant. C'était horrible !

Cindy explore les alentours avec sa lampe.

– Tu crois que c'est vraiment un ours ? s'inquiète Lya.

– Mais non, il n'y a pas d'ours dans le coin, assure Mathis.

L'animatrice revient, des branches à la main.

– Voilà ce qui a servi à imiter les griffes d'un ours, dit-elle. Je les ai trouvées au pied de la tente. Quelqu'un a voulu vous jouer un vilain tour, les filles…

– J'espère que ce n'est pas l'un ou l'une d'entre vous, grommelle Antoine en s'adressant aux autres enfants. Parce que ce n'est vraiment pas drôle.

Lya est bouche bée.

– Mais alors ça veut dire…

– … que tu avais raison, termine Mathis. Quelqu'un en veut à Cassandre.

– Et on va essayer de découvrir qui c'est ? tente Lya.

– Oh que oui ! Mais pour l'instant, mon cerveau est en mode sommeil. On en reparle demain matin ?

– Je ne vais jamais réussir à me rendormir ! proteste sa sœur, impatiente de mener l'enquête.

– Tout le monde retourne se coucher maintenant, ordonnent les animateurs d'un ton sans appel. Et soyez tranquilles : nous allons faire des rondes autour de vos tentes.

Les enfants obéissent. Malgré ce début de nuit riche en émotions, ils sont épuisés et sombrent rapidement dans le sommeil. Même Lya !

Chapitre 5

Soupçons et révélations

Le lendemain matin, Lya et Mathis s'isolent avec leur chocolat chaud et leurs tartines. Ils veulent profiter du petit déjeuner pour réfléchir ensemble.

– Récapitulons les faits, commence Mathis. Tout a débuté avec le sandwich aux fourmis : le ou la coupable a dû ouvrir le bidon de Cassandre pendant qu'elle se baignait. Ensuite, son canoë a chaviré. Mais bon, on est tous tombés à l'eau à un moment ou à un autre ! Puis il y a eu la disparition du bidon contenant ses affaires. Ça s'est produit pendant qu'elle était aux toilettes avec Rose et qu'on s'installait dans nos tentes.

Mathis marque une pause avant de reprendre :

– Le duvet mouillé, c'est peut-être un accident... Mais Rose avait l'air sûre que sa gourde était vide. Et pour finir : la soi-disant attaque de l'ours cette nuit.

Lya prend le relais :

– Il faut donc qu'on trouve la personne qui : 1/ était sur la plage hier midi pendant que les autres se baignaient ; 2/ n'était pas dans sa tente quand Cassandre est allée aux toilettes ; 3/ aurait pu mouiller son duvet entre le moment où Cassandre est revenue de sa douche et celui où on est allés se coucher ; 4/ s'est levée pour imiter un ours dans le but de lui faire peur.

Mathis affiche un air perplexe et répond :

– 1/ Rose, Nino, Antoine et moi ; 2/ Aucune idée ; 3/ Aucune idée ; et 4/ Aucune idée !

– Elle ne se présente pas très bien, cette enquête ! ronchonne Lya.

Tandis que le frère et la sœur réfléchissent en silence, Antoine invite tous les stagiaires à rassembler leurs affaires et à le rejoindre sur la rive. Il est temps de poursuivre leur randonnée en canoë.

– Bonne nouvelle, Cassandre, annonce alors l'animateur en lui tendant son bidon. Je viens de le retrouver dans un buisson, près de ta tente. Il a dû tomber et rouler.

– Merci beaucoup ! répond Cassandre, soulagée.

Lya et Mathis échangent un regard sceptique : le bidon qui roule dans un buisson et que personne ne voit jusqu'au lendemain matin, ça ne leur semble pas très crédible…

Mais ils n'ont pas le temps de partager leurs soupçons, car Cindy les interpelle :

– Il va faire encore très beau aujourd'hui. Tout le monde se tartine de crème solaire, et on y va !

Cette deuxième journée de canoë s'avère plus sportive que la première : le courant est plus fort et les rapides plus nombreux. À tour de rôle, les jeunes stagiaires chavirent et finissent dans l'eau. Mais la bonne humeur règne au sein du groupe, et ces chutes donnent lieu à de nombreux fous rires.

– On va faire une pause, propose Antoine au bout de deux heures.

Ils accostent sur une petite plage et quittent leurs embarcations.

– Ça va, Cassandre ? s'inquiète soudain Cindy. Tu es toute rouge !

– J'ai les joues et le nez qui chauffent…

– Tu as bien mis de la crème solaire, tout à l'heure ?

– Oui, oui ! En plus, c'est de l'indice 50, parce que je prends facilement des coups de soleil, précise l'adolescente en sortant son tube de crème de son bidon.

– C'est de l'après-soleil ! s'exclame Antoine.

Cassandre regarde le flacon et ouvre soudain des yeux ronds.

– Ce… ce… ce n'est pas le mien ! bredouille-t-elle.

Mais les animateurs ne l'écoutent pas.

– Tu aurais pu faire attention, la réprimandent-ils.

– Je vous jure…

– Bon, ça suffit, l'interrompt Cindy. Mets ça et n'en parlons plus.

Contrariée, Cassandre jette l'après-soleil dans son bidon et prend la crème solaire que lui tend Cindy. Puis elle s'en enduit le visage, sans ajouter un mot.

Pendant ce temps, Mathis attire discrètement sa sœur à l'écart du groupe.

– Lya, il faut que je te parle, chuchote-t-il. Je crois que j'ai une piste ! Ce tube d'après-soleil, je l'ai vu dans les affaires de Nino, hier soir.

Il brandit le flacon qu'il a récupéré en douce dans le bidon de Cassandre. Sa sœur hausse les sourcils, peu convaincue.

– Il n'est peut-être pas le seul à en avoir. Et puis, même si c'est le cas, ça ne fait pas de lui le coupable !

– Non, c'est vrai, admet Mathis.

Il réfléchit quelques instants avant de reprendre :

– Mais Nino était sur la plage hier midi, avant que Cassandre ne retrouve son sandwich plein de fourmis. Et je viens de me souvenir qu'il n'était pas dans notre tente, quand les filles ont été attaquées par un « ours ». Il était soi-disant parti aux toilettes. C'est louche, non ?

– OK, mais vous étiez ensemble quand le bidon avec les affaires de Cassandre a disparu, non ?

– Oui, confirme Mathis. Enfin, je crois… En fait, je me suis endormi ! avoue-t-il, penaud.

Lya réprime un sourire.

– Donc, il a pu en profiter pour s'éclipser, ni vu ni connu. Et pour le duvet mouillé, alors ?

– Là, je ne vois pas…

Soudain, Lya écarquille les yeux.

– Mais bien sûr ! s'écrie-t-elle.

– Oh, toi, tu viens d'avoir une révélation ! ironise Mathis.

Sans relever la moquerie de son frère, Lya poursuit :

– Tu te souviens qu'on est allés chercher un pull hier soir, Nino et moi ?

Mathis hoche la tête en signe d'approbation.

– Eh bien, tu sais où Nino m'attendait quand je suis ressortie de ma tente ?

– Laisse-moi deviner… Devant celle de Cassandre ?

– Exactement !

– Alors il a peut-être aussi fait chavirer leur canoë volontairement, hier ?

– Sûrement ! Il n'y a plus aucun doute, on le tient, notre coupable ! s'emballe Lya.

– Mais pourquoi est-ce qu'il a fait ça ? s'interroge Mathis. Il est plutôt sympa, Nino…

– Je ne vois qu'une chose à faire : l'interroger !